Tears in Heaven

t-ko

文芸社

目次

——品物より言葉の贈り物の方がいいとおっしゃったA先生に、
このお話を捧げます。
そして全ての小児科医に……。

先生に会いに

パジャマにガウンをはおって病棟を抜け出した。外は春だったけれど寒かった。僕は脳腫瘍で体温を調節する中枢がやられているから、とびっきり寒く感じた。

そう、僕は入院中の大学病院を抜け出したのだ。

はじめてここへ来た時は、ただの風邪かと思っていた。首をかしげることが多いので、お父さんから注意はされていたけれど、まさかこれが脳腫瘍の症状とは思わなかった。

大学病院へ行けと言った開業医は、風邪をこじらせているから肺炎を起こしているかも知れないということで、紹介状を持たせて、僕とお父さんとを大学病院へ行かせたのだった。

大学病院は人で溢れていた。よくもまあ、こんなに病人が集まったもんだと思った。

さんざん待たされたあげく、レントゲンを撮られて、肺炎じゃないから帰っていいよとそっけなく言われた。風邪は全くたいしたことはないらしかった。僕を診察した医者は脂ぎったどんくさい男で、妙に愛想のない奴だった。

お父さんと、薬局で薬をもらって帰る途中、デブチンの女の医者が、赤ちゃんをストレッチャーに乗せて、ものすごい勢いで走って来た。

「どいて、どいて。この子、急患なの！」

デブチンの女医はそう叫びながら走っていた。僕はびっくりしてしまって、そのデブチンにぶつかり転がった。

「ごめん！」

デブチンの女医は僕を助け起こすと、何度も頭を下げた。そして、ストレッチャーに乗せられていた赤ちゃんは、付き添っていた看護婦さんがどこかへ連れて行った。

これがまるちゃんとの出会いだった（デブチンの女医は、「ちびまる子」みたいな声を出すので、みんなから、まるちゃんと呼ばれていた）。

まるちゃんは、僕を助け起こすと妙な顔をした。

「ねえ、あなた、いつも首かしげてるの？」

お父さんは、

「くせなんですよー。こいつの」

と笑って言った。

すると、まるちゃんの表情はとたんに険しくなった。そして、僕の眼や、手や足や、頸や肩を触りだした。僕らのやりとりの間、白衣を着たいろんな人が行きかっていた。

「ねえ、この子に至急、頭部ＣＴを！　それと脳幹部を含めたＭＲＩを追加で撮って!!」

まるちゃんは、そばにいた看護婦に大声で命令した。

僕とお父さんは、何のことかわからず、まるちゃんに手を引っぱられて、ＣＴ室とＭＲＩ室へ連れて行かれた。

まるちゃんは、デブでぶさいくで、どんくさい女医だけれど、医者としては最高だった。だって、首をかしげている僕を見ただけで、僕の脳みその中にある腫瘍を見つけたのだから。後で聞いた話だけれど、僕を最初に診た男の医者は、まるちゃんよりずっと位が上の医者で、随分偉そうな奴だった。まるちゃんの方が医者としてはずっとできるのに、まるちゃんはそいつにコキ使われていたのだ。でも、まるちゃんは気にしていないみたいだったけれど。

それから、僕達は大変なことになった。

お父さんとお母さんが、大学の五階にある小児科病棟の〝説明室〟と書いてある部屋に通されて、助教授のじいさんとまるちゃんと、僕とお父さん、お母さんが、まあるい机をとり囲んで座ることになった。

「お子さんの脳に、ここは小脳橋角部という所ですが、大きな腫瘍があります。そして、生命を司《つかさど》る脳幹という所、ここですが、……ここにも小さな腫瘍が二ヶ所あります」

助教授のじいさんは、僕の脳みその写真を指さして説明していた。

「残念なことですが。脳幹という所は、呼吸等、生命を司るとても大切な場所です。ですから手術で腫瘍を取ることはできません。取れば命は失われますから。化学療法という手もありますが、いかんせん、このタイプの腫瘍には効果がないことがほとんどです。残るは放射線療法がありますが、少しは腫瘍を縮小できても、根絶することは不可能です」

「治らんのですか。どういうことですか」

お父さんは言った。しかし、助教授のじいさんは、淡々と説明していった。

「放射線をかけると少しは縮小しますが、脳を頭蓋骨がとり囲んでおり、脳腫瘍が大きくなって脳の内容が増大すると、その中の圧が上がります。圧が上がると、脳が頚の方へ下がって来ます。さきほども言ったように、そこは呼吸や生命を司る、脳幹という大事な所で、そこを圧迫するのです。その上、この子は、そこにも腫瘍があります。だから余計に危険なのです」

そこまで言うと、助教授のじいさんは黙り込んだ。

「死ぬ、言うんですか」

お母さんの悲しい声が響いた。

まるちゃんは、一瞬はっとして、僕の顔を見た。そして、救いの手を出すように、口をはさんだ。

「とりあえず、脳圧を下げるために、シャント術をしましょう。脳室という所と腹腔内に管を通して圧を下げる方法です。そうすれば、脳の圧迫をおさえることができます。そして、併行して放射線をかけます。大きな効果は期待できませんが、化学療法も行う予定です」

まるちゃんは、カルテにメモをとりながら、はげますように言った。

「医学の教科書で言えば、とても難しい病気のひとつです。でも、この子が教科書通りにいくとは限らないでしょ。前向きにがんばりましょう。たぶん、奇跡はがんばった人にしか起こらないのですから」

お父さんとお母さんは、まるちゃんの差し出した手術の同意書にサインをして、その日のうちに僕はシャント術を受けることになった。

シャント術はすぐ終わった。痛くはなかったけれど、丸坊主にされて、少しつらかった。でも、病棟の子は薬の副作用でハゲてる子が多かったので、僕は平気だった。

まるちゃんは、病棟でも人気者だった。

子供達の多くはみんな難病だったけれど、まるちゃんを見ると、体の痛みを忘れることができた。

まるちゃんは、朝は七時三十分に出勤して、夜はよく病棟に泊まっていた。子供達が、まるちゃんに抱きついたり、相撲を取ったりすると、

「ごめん。昨日も病棟に泊まったけんお風呂に入っとらんけ、先生はくさいよー」

と言って、笑わせてくれた。まるちゃんがにっこり笑うと、とても可愛かった。デブチンでぶさいくだけれど、とっても可愛い顔で笑ってくれた。

でも時々、むくれたり、怒ったりすることもあった。それは大抵、他の医者が、いい加減な仕事をした時だった。

まるちゃんは意外なことに、下っぱの研修医に畏《おそ》れられていた。それに、位が上の医者にだって一目置かれていた。

一番キョーレツだったのは、先天性水頭症という、もともと頭に水がたまる病気の、愛ちゃんという子が、何度も何度もVPシャント術（脳室と腹腔に管を通して、脳髄の水を腹膜に吸収させる手術）に失敗していた時のことだった。

まるちゃんは、VAシャント術（脳室と心臓を管でつないで、脳の水を吸収す

る手術）をするようにと、脳外科と小児神経科の男の医者どもを相手に戦っていた。

相手は七人。しかも、教授、助教授を含む、すごくいばりくさったごっつい男相手に食ってかかっていた。

その様子を遠くで見ていた他の医者も、まるちゃんが正しいとは思っていた。VAシャント術はとても難しい手術だけれど、他に方法はないし、愛ちゃんは生まれてから三年間、一度も外に出ることなくずっとこの病棟だけで育ってきたのだから。でも、まるちゃんがけんかしている相手が、みんな偉い先生だったので、まるちゃんの味方をする医者は一人もいなかった。それでもまるちゃんは戦った。

男達は失敗が怖かったのだ。愛ちゃんのことより、自分の身を守ることが大事だったのだ。手術をするのが難しいので、失敗することが怖くて、正しいことをできずにいたのだった。

まるちゃんは怒っていた。あの温厚なまるちゃんが、大声を張り上げて怒って言った。

「治療には攻め時があるんです。勝負を決めるには、それを逃してはいけないんじゃないでしょうか」

結局、まるちゃんが全責任をとることになり、また、愛ちゃんのママも、みんなを敵にまわしてまで戦ってくれるまるちゃんの姿に心を打たれて、まるちゃんの言うことなら、たとえ失敗してもいいと言った。

ついに、難しいVAシャント術を行うことになった。

そして、それは大成功!!

まるちゃんのおかげで、愛ちゃんは、お家に帰ることができたのだった。まるちゃんは、男連中を全員敵にまわして戦い抜いた、超かっこいいエンゼルソルジャーだった。

僕がもう駄目だというのがだんだんわかってきたのは、些細なことからだった。

僕の耳鳴りや、目まいや、目つきや、歩き方がおかしくなったからではなくて、そう、そんな体の様子からではなくて、もっともっと、ごくごく小さなことからだった。

お母さんは、毎日僕に付き添ってくれていた。最初の頃は、お母さんはお化粧をしていた。毎週、僕はMRIを撮っていたのだけれど、この説明を、お母さんはまるちゃんから受けていた。

ある日お母さんが、まるちゃんから説明を受けて病室に帰ってくると、隣の白血病の、てっちゃんのママに、

「お化粧しているから、泣けないよ」

って、小声で言っているのが聞こえた。それから何回かMRIを撮ったのだけれど、そのたびに、お母さんがだんだんお化粧をしなくなったのに気づいた。それが何より悲しかった。

それから僕は、頚の横下から管を血管に入れられたりした。その管から栄養の

補給と、抗ガン剤を投与されて僕の目はおちくぼみ、頭は天然のはげちゃびんになってしまって、もう髪の毛は全くはえなくなってしまった。

頭からおなかまで通じている管が皮膚の下を通っていて、でこぼこした僕の頚は、すごくグロテスクになってしまった。

さらに、週に二回、頭に放射線をあてられた。

てっちゃんは、隣のベッドに寝ている十二歳の男の子で、僕は六歳だったから、てっちゃんは兄貴分だった。

てっちゃんも、やっぱり僕と同じように、頚の横下から血管に管を入れられていて、栄養の補給や点滴抗ガン剤を打たれていた。また、時々放射線も全身にあてられていた。

てっちゃんは白血病で、その中でも特にたちの悪いＣＭＬとかいう奴で、もう骨髄移植しか助かる道はないらしかった。

それでも、お父さんとHLAタイプとかいうのが一致したので、移植できるって喜んでいた。そして一家中大喜びで、てっちゃんは無菌室に入り、移植を受けることになった。

てっちゃんはよく言ってた。生まれ変わったら、マサオになるんだと。マサオはかっこよくって女の子にもてて、サッカーができて、そして、何より病気とは無縁な存在なんだって。

でも、もしこの骨髄移植がうまくいったら、マサオに生まれ変われなくってもいいって言っていた。そうなるのが一番いいのかも、とも言っていた。何でもできるマサオに生まれかわるより、何にもできない、てっちゃんのままで生きていることの方がずっといいと言っていた。

てっちゃんの骨髄移植は、はじめはうまくいっていたようだった。でも……。HLAタイプが合っていたはずなのに、てっちゃんは拒絶反応を起こしてしまった。

口の中などの粘膜がやけ爛《ただ》れたようになり、皮膚という皮膚がやけどのようにめくれて、腫れていった。高熱が出て、てっちゃんの体にいろんなバイキンが巣を作っていった。そのうち、呼吸もできなくなり、人工呼吸器がとりつけられた。てっちゃんの体中にいろんな管やモニターがつけられていった。てっちゃんのまぶたは腫れ上がり、白眼をむいて、唇はタラコのように腫れていた。

僕は無菌室のガラス窓から覗いて、てっちゃんがもう長く生きられないことをさとった。

ある日、てっちゃんの心臓が止まって、先生達がかけつけて、まるちゃんが心臓マッサージをはじめた。

てっちゃんのお母さんは、マッサージを続けるまるちゃんに言った。

「まるちゃん、もういいよ。てつはがんばったんだから。マッサージするのやめて」

まるちゃんは泣いて首を振った。

「動いてるよ、まだ。ほら、心臓モニター見て」

でも、てっちゃんの心臓のモニターは平坦で、動いてはいなかった。

「まるちゃん。ありがとう」

てっちゃんのお母さんは、まるちゃんに頭を下げた。

「てつは、がんばったんだから、もう休ませてあげて。お願いします」

そして、てっちゃんはいなくなった。

——あれからしばらくたつけれど、てっちゃんは、マサオになれたんだろうかと、僕は不安になった——


僕がいよいよ駄目らしいということは、てっちゃんが逝って二、三週間たってから、ハッキリわかった。

僕は頭の骨を取られて、脳圧を更に下げる手術を受けることになった。

手術の後、意識が戻った時、神様なんて全く信じなかったあのお父さんが、僕の枕元に沢山のお守りを置いていった。それも、いろんな所の神社のお守りだった。それで、まるちゃんから、お父さんが何を言われたのかがわかった。僕はいよいよ駄目らしかった。

寝たふりをしている僕の横で、お父さんがポツリと言った。

「六歳まで育てたのだから、せめてランドセルを背負《しょ》わせたかったなあ」

僕は涙が出てきた。

「前向きにがんばっていれば、奇跡は起こるかも」

って、まるちゃんは言ってたけれど、僕の身の上には起こりそうにもなかった。

「お父さん、ごめんね。長生きできなくてごめんね」

って思った。

まるちゃんは、てっちゃんが死んでから、かなり落ち込んでいるようだった。

あんなに太っていたのに、みるみるうちにやつれていった。

自閉症のけんちゃんは、まるちゃんのいる医師当直室のそばにいることが多くなった。

けんちゃんは、コミュニケーションが全くとれず、すぐパニックになるので、病棟ではかなりの問題児だった。いつもはプレイルームで積木を投げたり、あばれたりするくせに、まるちゃんが落ち込んで医師当直室に閉じこもっている時は、おとなしく、その近くで遊んでいることが多かった。

もしかしたら、けんちゃんは、まるちゃんのことを心配していたのかも知れないと思った。コミュニケーションがとれないとか、IQが低いとか、バカの何のって、散々に言われてるけんちゃんだけど、まるちゃんのことはしっかり心配してあげているのだと思った。

結構、いい奴じゃんって思った。

でも、悲しいことは続くもので、けんちゃんは外泊中にお母さんと出かけたスーパーの前でいつものパニック発作を起こしてしまい、道路に飛び出して、ダンプにはねられてしまった。うわさによると、脳みそはぐちゃぐちゃで、もう手のほどこしようもなかったらしい。しかも、まるちゃんが救命当直の日だった時に運ばれて来たのだそうだ。

その日、まるちゃんは医師当直室で、大声で泣いていた。

「神様は、絶対、絶対奇跡は起こさない」

まるちゃんは、大声で泣いていた。

それから、まるちゃんはあんまり笑わなくなっていった。

てんかんと言われていたやっくんは、ひどいてんかん発作を、日に三十回は起こしていた。どんな抗けいれん剤も効果がなくて、ほとんど麻酔を使って止めて、眠らせている状態だった。交通事故で頭に傷ができて、それでてんかんを起こす、外傷性のてんかんという診断だった。

でも、まるちゃんは、やっくんの脳波を見た時、これは外傷性のてんかんではないと言った。まるちゃんは優秀な医者だから、やっくんの主治医も一目置いていたので、まるちゃんの意見に従った。

まるちゃんの診断は、ＳＳＰＥ（亜急性硬化性全脳炎）だった。ＳＳＰＥとは、麻疹ウイルスが潜伏して起こす病気で、前にできていたことができなくなって、ひどいけいれんを起こし、脳みそがウイルスで破壊されて死んでしまう、治療法のない病気だった。案の定やっくんは、麻疹ウイルスにすでに冒されており、寝たきりになって、死んでしまった。

やっくんが死んでから、まるちゃんは、臨床医を辞めてしまった。あとで看護婦さんに聞いたけど、もう、子供が死ぬのを見たくないからだと言っていたそうだ。やがて、まるちゃんは僕を残して、誰にも何も言わず大学病院を去り、東京にある病気を治すことを研究する所へ行ってしまった。そして、違う男の医者が僕の担当になった。

　まるちゃんに会いたかった。まるちゃんは特別な人だった。ごく普通のデブチンだけど、まるちゃんと接すると幸せになれた。

　朝、目が覚めて、まるちゃんの、「オハヨー」の声がしなくなるのは、とても耐え難いことだった。

　悲惨な状況の僕だけど、まるちゃんと会うと、何となく幸せになれた。とても楽しかった。

　まるちゃんは何でも人に与える人だったから、与え過ぎてぬけがらになったのかも知れない。東京へ行く時のまるちゃんは、もぬけのからだったのかも知れない。

　僕は、まるちゃんがデブチンでも、変な声でも、どんくさくても、大、大、大好きだった。

だから、今、どうしているんだろうと、ひどく心配になった。

冬の寒さが通り過ぎて、春になって、桜も散りかけて暖かくなった。

ある日、僕は点滴を抜かれた。もう、治療する必要がない、だから、あさって帰っていいよ、と主治医に言われた。

ああ、僕は家で死ぬことになるんだなって思った。僕がまだ動けるうちに、お家に帰してあげて、お家で死なせてあげようということなんだなと思った。

お父さんとお母さんは、プレステやポケモングッズや、いろんな高い物を買ってあげると言った。そんなのいらないと思った。

ただ、まるちゃんに会いたいと思った。まるちゃんが、元気かどうか知りたかった。

まるちゃんが、僕の命が駄目って言ったら駄目でいいって思った。今の主治医の言うことは信じたくなかった。

そう、だから僕は入院中のこの病院を抜け出したのだ。

お父さんとお母さんが、退院のための手続きをしている間に、僕は一人で病院を抜け出した。これはとてもうまくいった。

まるちゃんは、東京の分子生命研究所という所にいると聞いていた。国分寺のあたりらしかった。

ここは福岡の久留米だから、まずバスでＪＲの久留米駅まで行った。パジャマにガウンをはおった、赤と白のシマシマ帽子の奇妙な僕を、みんな変な目で見てたけど、別に何もとがめられなかった。僕の頭は化学療法でハゲてるから、余計、気持ち悪いに違いなかった。

ＪＲ久留米駅で、僕は東京の国分寺駅までの切符を買った。駅員さんが、親切に案内してくれた。博多駅までソニックに乗って、博多駅から「のぞみ」に乗ればいいということだった。お金はたくさん持っていた。おばあちゃんやおじいちゃんがくれたのがあったからだ。おじいちゃんとおばあちゃんは、「何でも買いなよ」とお金を置いてくれていた。

久留米から博多までソニックで行った。本当に趣味の悪い列車だった。色あいといい、座席といい、奇をてらってるのだろうけれど、全くもって悪趣味だ。何か的が外れているんだよね。それに、ひどく揺れて、気分が悪くなって、二回トイレでもどしてしまった。脳腫瘍のせいもあるのだろうけれど。

でも、ソニックの乗務員のお姉ちゃんは、けっこう美人で親切だった。

博多から「のぞみ」で東京まで行った。

六歳だからって、馬鹿にするなよ。世の中の常識なんて、チョロイもんさ。プレステだって、僕は大人よりウマイんだから。

こんなことするなんて、超簡単だよ。だけど、東京まで、五時間くらいかかった。

くさいオヤジの隣に座らされて、しかもこのオヤジ、くさい上に、ポマードまで塗ってやがる。その上、更にくさいスルメを食って、ビール飲んで酔っぱらって、いい気になっていた。僕どこへ行くのえらいねーとか、しつこく話しかけられ、握手までしてきた。名古屋で降りてくれて、本当に助かった。これ以上こんなくさいオヤジと一緒にいたら、ゲロっちゃうよ。いろいろいらん世話ばかりやいてきて、何かかわいそうな子供にすごくいいことしているような気でいて、大満足のようだった。本当、自己満足で成り立ってる世界の生き物のじじいは最低なんだなと思った。早く死ぬのも、いいのかもね。あんな姿になるまで生きてもね、って思った。

でも、何だか泣けてきた。生きてることは苦しいことだって、死んだてっちゃんが言ってたことがあった。でも、早く死んでしまったら、残された人間は、もっと苦しいだろうなとも思った。

てっちゃんは、マサオになれたのかなあ。

神様が本当にいるのなら、どうか、てっちゃんをマサオにして下さいって、心から願った。でも、神様って、ひどいことするからなあと思って、とても心配になった。

東京駅は人、人、人、人、人、だった。みんな、ださいし、貧しいかっこうをしていた。もっとファッショナブルな街かと思ってたけど、ハリボテのような所だった。

改札口の駅員さんに聞いたら、国分寺へは中央線で行かなきゃということだった。まず丸の内口へ向かわないと、ということで、丸の内方面を案内してくれた。中央線の電車には、たやすく乗ることができた。中央特快が速いと言ってくれて、国分寺駅に着くことができた。でも五十分くらいはかかったような気がする。国分寺駅っていうのは、東京なのに、久留米より田舎で汚い街に思えた。それにもかかわらず、人がやたらと多いのには驚いた。このくらいの街に、何でこんなに人がいるんだろうと思った。

まるちゃんのいる分子生命研は、国分寺から近いらしいのだけれど、どう行ったらいいのかわからなかった。

それで、ルーズソックスをはいた、足の太い女子高生に声をかけた。

「ねえ、分子生命研って所、どう行けばいいの？」

ブスなその女の子は、僕を一目見ると、バカにしたように、

「はあ？」とか言って、一旦立ち止まったけど、また歩き出した。その女の子の連れの、髪の毛のツンツンした赤毛の子も、

「変なガキが、何か言ってるよー」

と言って二人で僕をあざけるように笑った。でも、馴れてた。こんなこと、日常茶飯事だよ。平気だ。僕は傷つかない。僕は、決して傷ついたりしない。

僕は六歳で脳に腫瘍があるけど、頭はいいんだから。タクシーに乗ればいい。

そして、国分寺駅の北口に出て、タクシーに乗ることにした。

「ねえ。分子生命研まで行ってよ」と言ったら、運転手がそっけなく、

「病院の方？」と聞きかえした。まるちゃんは、研究をしに行ったはずだから、

「研究の方」と答えた。千四百円かかった。ちょっと痛かった。

研究所は森の中にあった。とりとめもなく無造作に植えられた木々が、古い白い大きな建物をとり囲んでいた。

こんな所で、まるちゃんは働いているんだなあと思った。大学病院と同じように、白衣を着た人達が、早足で建物の中を出入りしていた。

お父さんがまるちゃんからもらった手紙によると、確か疾病研究部っていう所にいると書いてあった。それを僕はしっかり覚えていた。

そう思って、研究所の受付の女の人に、

「疾病研究部のまるちゃん、呼んで下さい」

と言ってしまった。僕は、ずっとまるちゃんって呼んでいたから、まるちゃんの本名を忘れていたのだった。

あわてて、僕は言い直した。

「あのね、ちびまる子みたいな声を出す人に会いに来たの」

と言いながら、頭に手をやった。そしたら、受付の人は大笑いして、

「ああ、あの先生のことね」

と言って、一緒に古いエレベーターに乗って案内してくれた。ちびまる子みたいな声を出す人で通じるんだから、まるちゃんって、別の意味ですごいなと思った。というより、何だか、すごく感心した。

エレベーターを六階で降りて、廊下を少し歩いた。

カンファランス室と書かれた部屋があって、女の人は「ここよ」と言った。そして、僕を残して去って行ってしまった。

困った。このドアを開けるべきか。それとも、自然に開くのをひたすら待つべきか。

すると、中から声がした。男がどなっていた。

「何で、君はこんなデータしか出せないんだよ。九州に帰れよ。こんなくそデータいらねえよ」

「すいません」

　まるちゃんの声だった。泣き声だった。

　まるちゃんが、やられていると思った。何だか僕は、猛烈にムカツイた。そして、ドアを足で勢いよくけとばしてしまった。助けてやるんだ。まるちゃんを。まるちゃんをいじめてる奴から……。

「ねえっ。まるちゃん、おるね。僕よ。じゅんよ」

　僕はできる限り、いばって叫んだ。中には男が八人くらい、机を囲んで座っている。ホワイトボードの前に、まるちゃんが、目を真っ赤にして立っている。その中でも、特にふんぞり返っている男が、まるちゃんの目の前のパイプ椅子に座っていた。

　どうやらまるちゃんは、ここではやられまくっているみたいだった。病院ではあんなにできる人で通っていたのに。

「じゅんちゃん。あんた――」

まるちゃんは、別人のようにやせこけていたけれど、声はちびまる子のままだったのですぐわかった。そして、あわてて自分の着ていたセーターを脱いで、僕に着させた。何とまるちゃんは、セーターの下にババシャツを着ていた。やせたのはいいけれど、相変わらずの、どんくさい女のままだった。

僕は、まわりのびっくらこいているヤロウどもに、まるちゃんの代わりに、言い訳をしてやらなければならなかった。

「オレは、この人が前に受けもっていた患者で、脳腫瘍なんだよ。体温を調節する中枢がやられてるけん、すぐ低体温になると。だけん、この人が着せてくれたと」

まるちゃんは、ババシャツ姿のまま、僕の手をさすって、

「こんなに冷たくなって。あんた、どうやってここへ来たんね」

と聞いた。

「一人で来たんよ」

僕は自慢げに言った。

「お父さん、お母さんは、どこにおるとね？」

「知るもんかい。一人で抜け出して来たんやけん」

「何ち、このバカガキが」

まるちゃんは、僕の肩をゆさぶった。

「治療があろうもん」

僕は、予想された質問について、とても冷静に答えることができた。

「まるちゃん。僕、もう治療せんでいいごとなったんよ。何しても、何やっても全然効かんけん。主治医の先生とね、お父さんとお母さんが話しあって、退院ち言われたとよ」

まるちゃんは、へなへなと座り込んでしまった。

「ねえ、これはさあ……。こういうことはさあ、僕、死ぬってことなの……？」

まるちゃんの顔は真っ青になった。そして、これ以上ないってくらい、真剣な表情になった。

あえて涙を出さないように、しっかりとした口調で、僕の目を見つめて言った。

何か、女医のプライドって感じだった。

「たとえあなたの主治医が変わって、世界一偉い先生になったとしても、外国にあなたが行って、治療を受けたとしても、あなたの病気を治すことは、残念だけれどできない」

静かに、だけど、はっきりと言ってくれた。

「まるちゃんでも、僕を治せんと？」

まるちゃんは、しばらく口を一文字に噛みしめていたが、一言、

「ごめん——」と言った。

そして、ついに号泣した。

「わかったよ、まるちゃん。よおくわかったよ。もう泣くなよ」

僕は、意外と落ち着いていた。

「ねえ……、まるちゃん。僕、病棟抜け出しとるとよ。今頃、大騒ぎになっとるやろうけん、連絡したら。大学病院に」

まるちゃんは、泣きながら、ババシャツ姿のまんまで、

「そうね、そうやった。大変なことやった」

と、オロオロしていた。

「ねえ、とにかく上に何かはおりい。おっぱいぶりぶりさせてから、みっともないけん」

僕の率直なアドバイスに、まるちゃんは素直に応じた。ババシャツの上に、部屋の壁に掛けてある、えりの真っ黒になった白衣を着た。

そして、カンファランス室を出て、別の部屋で九州の病院に電話をかけてくれた。

「お父さんよ」

まるちゃんは、受話器を僕に渡してくれた。

「お父さんね。じゅんよ。一人で東京に来たんよ」

お父さんは怒らなかった。

「そうね」

たった一言、そう言った。怒られるかと思ったのに意外だった。

「まるちゃんのとこに来たんよ」

お父さんは、まるちゃんさえ良ければ、ここにおってもいいみたいなことを言った。どうせ死ぬ子だから、たいがいの我がままはかなえてやりたかったのかも知れない。きっと、そうなんだろう、と思った。

「まるちゃんに会いたかったんや」

「そうか」

「まるちゃんの家に泊まるけん、心配せんでええよ」

「まるちゃん先生は、いいって言っとるんか」

「いいって言うに決まっとるやん。あの人はそういう人やないね」

「んじゃあ、一週間くらいにしときなさいよ」

ということで、まるちゃんの意向はともかく、一週間、僕はまるちゃんと暮らすことになった。


昼間は、僕はまるちゃんの研究の手伝いをした。

無害な大腸菌さんに、ある種のタンパクの遺伝子を組み込んで、そのタンパク質を増やすことを主に手伝った。僕の手は麻痺があったから、他の人が手伝おうとすると、まるちゃんは、大丈夫、この子は何とかしてでも自分でできるからと言って、手伝うのをやめさせた。それは、とってもありがたかった。

まるちゃんは、普通の子として、僕を信頼してくれていた。

「もし、論文になるくらいすごい研究結果が出たら、あたしとあんたの名前を、ファーストオーサーにして発表しようね」

と、まるちゃんは言っていたが、いかんせん、研究ドシロウトのまるちゃんと僕は、上の先生達からボロくそにやられまくっているような毎日で、その願いはかなえられそうにもなかった。でも、まるちゃんは負けなかった。バカの何のと言われても、くじけなかった。

「助けられなかった子供達への罪ほろぼしが、私が病気を治す研究をすることなんだってね、思ってるんだ。——私は、たぶん何もできないし、何も役に立つ研究なんてできないよ。わかってる。でもね、それでもやるんだ。それでもやらないといけないいんだ」

まるちゃんは、よくそう言っていた。

だけど、医者として成功しているまるちゃんが、何でわざわざ、叱られながら下手な実験をやっているのか、僕には理解できなかった。

僕らは、よくお昼に研究所の近くにある第十パンのアウトレットの店へ行って、特売パンを買って食べた。この店は、第十パンの工場の横にあって、できそこないのくずパンを、安く売っていた。

時々、まるちゃんが乳児検診のバイトをして、金がある時は、ちょっといい、しゃれたムーンマルクというレストランで、焼きたてパンをたらふく食べたりもした。

ある日僕らは、お昼御飯の時、第十パンの特売パンをかじりながら、こんな話をした。

「まるちゃん。まるちゃんには、人を幸せにする力があるんだよ。病院に戻って、子供の世話をした方が向いてると思うよ」

余計なおせっかいかも知れないと思いつつ、僕はまるちゃんに意見をした。

「迷うよねえ」

まるちゃんは悲しそうに言った。それから、すまなそうに、

「今日は、ムーンマルクのパンでなくてごめんね」

とも言った。

まるちゃんは、夜遅くまで実験して、僕に御飯を作ってくれていた。おいしい時と、そうでない時とがあったけれど、必ず、あったかい食事を用意してくれた。

ふと僕は思った。まるちゃんは小児科医になるために生まれて来たんじゃなくて、ごく普通のお母さんになるために生まれて来たんじゃないかって。


いつも、僕はまるちゃんのベッドで眠り、まるちゃんは、冬に出す、こたつぶとんにくるまって寝ていた。

ある夜、僕はまるちゃんに聞いた。

「まるちゃん、もう三十四やろ。一人で彼氏もおらんで、淋しくないとね」

「淋しいよ。めちゃくちゃ淋しいよ」

まるちゃんは、髪の毛をもじゃもじゃかきながら、悲しそうに言った。

「お父さんとお母さんがおらんごとなったら、あたし、一人やん。淋しいつうか、ぞっとするよ」

「まるちゃん」

僕は、まるちゃんをベッドの上から見下ろしながら、こう言った。

「お嫁さんにならんでいいけん、まるちゃんはお母さんになりね。子供、一人で生んだらいいじゃん」

まるちゃんは、何か言いたそうだったけれど、ニヤニヤしていて何も言わなかった。

そんなまるちゃんの様子を見ていて、この人は、受け持った子供の患者達を、自分の子供だって思っとるんやないかって感じた。

そうしたら、てっちゃんの言葉がよみがえってきた。生きるっていうのも苦しいことだって。

特に、愛する子供が死んでしまった親が、その子の死んだ後もずっと生き続け

郵便はがき

恐縮ですが
切手を貼っ
てお出しく
ださい

1600022

東京都新宿区
新宿1－10－1

（株）文芸社

ご愛読者カード係行

書　名					
お買上 書店名	都道　府県　市区　郡　書店				
ふりがな お名前			明治 大正 昭和　年生　歳		
ふりがな ご住所	□□□-□□□□			性別 男・女	
お電話 番　号	（書籍ご注文の際に必要です）	ご職業			

お買い求めの動機

1. 書店店頭で見て　2. 小社の目録を見て　3. 人にすすめられて
4. 新聞広告、雑誌記事、書評を見て（新聞、雑誌名　　　　）

上の質問に1.と答えられた方の直接的な動機

1. タイトル　2. 著者　3. 目次　4. カバーデザイン　5. 帯　6. その他（　　　　）

ご購読新聞　　　　新聞	ご購読雑誌

文芸社の本をお買い求めいただき誠にありがとうございます。
この愛読者カードは今後の小社出版の企画およびイベント等の資料として役立たせていただきます。

本書についてのご意見、ご感想をお聞かせください。

① 内容について

② カバー、タイトルについて

今後、とりあげてほしいテーマを掲げてください。

最近読んでおもしろかった本と、その理由をお聞かせください。

ご自分の研究成果やお考えを出版してみたいというお気持ちはありますか。

ある　　ない　　内容・テーマ（　　　　　　　　　　）

「ある」場合、小社から出版のご案内を希望されますか。

する　　しない

ご協力ありがとうございました。

〈ブックサービスのご案内〉

小社では、書籍の直接販売を料金着払いの宅急便サービスにて承っております。ご購入希望がございましたら下の欄に書名と冊数をお書きの上ご返送ください。（送料１回380円）

ご注文書名	冊数	ご注文書名	冊数
	冊		冊
	冊		冊

ないといけないってことは。

まるちゃんも苦しんでるんだって思った。もしかすると、まるちゃんは逃げ場所を求めて、ここへ研究しに来てるんじゃないかと思った。


一週間は、あっという間に過ぎてしまった。もちろん、たいしたデータは出なかった。それでも、部の人は僕のお別れ会を開いてくれた。研究室が片づけられて、ケーキとビスケットとジュース、そしてフライドチキンが並べてあった。

みんな、日頃は意地悪なのに、仲良くワイワイやった。何だか変な、欲しくもないおもちゃももらった。ありがたくもなかったけど、ちゃんとお礼は言ったけどね。

一番上の部長先生が、このお別れ会のしめにこう言った。

「んじゃ、最後に、先生からじゅん君へ、メッセージをどうぞ」

まるちゃんは、涙目で、そんでもって照れまくって、頭をかきかきこう言った。

「じゅんちゃん。今度生まれて来る時は、先生の子供になって、生まれて来てくれないかな」

僕は、超、無理して笑いながら、わざと明るく答えた。

「悪いけど、お断りだね。今度生まれ変わって来る時も、やっぱり、今のお母さんの子供で生まれて来るんだ」

それから、それから、まるちゃんを抱きしめて、

「あんた、結婚してからそう言うこと言いなさいよ!!」

って、大声でまるちゃんを叱った。

エピローグ

まるちゃんへ

まるちゃんと出会えてよかったよ。ありがとう。まるちゃんの生む子は、元気で病気知らずであって欲しいと思ってる。

さよならね、まるちゃん。
まるちゃんの幸せを、心から祈ってるよ。
悲しいことがあっても大丈夫。
何とかなるようにしてもらえるよう、僕、神様にお願いしとってやるけん。

大丈夫。
安心して。
いつかきっと、みんな治る日が来るから。
あなたのがんばりは、きっと報われる日が来るのだから。
いろんなしがらみを切り抜けて、僕らはきっと自由になれる。

輝く天使の道

君達が他の子供達に比べて、
劣っているなんてこと、
絶対にないのだからね――。

グランドキャニオンには、ブライト・エンジェル・トレイルという所があって、晴れた日に、太陽の光がそのギザギザの谷間に射し込むと、天使が舞い降りて来たように美しいのだそうだ。

弟のお葬式の時に、彼のベッドの人工呼吸器の上に置いてあった、グランドキャニオンの絵ハガキのフォトスタンドを、私は今でも持っている。それが、ブライト・エンジェル・トレイルなんだそうだ。

弟がいなくなって、弟の使っていた在宅用の呼吸器やベッドも整理されて、部屋はがらんとしちゃったけれど、私のしでかした罪の証として、私はこのフォトスタンドを、決して手放さない。

弟は脳性麻痺だった。生まれた時、八百グラムしかなくて、随分長い間入院していた。

弟がママのお腹にいた頃、私は四歳だった。私は、ほんのちょっとしたことでぐずっていた。

ママとデパートに行った時だった。ママが、お腹が変だから、ここで待っててと言ったのに、おもちゃ売り場に置いてあった、熊のプーさんが欲しくて、それを取ろうと、ぬいぐるみの積まれている中にわざとつっこんだのだった。

そして、あわてて私を助けようとしたママを、転ばしてしまった。

ママは早産した。そして生まれた弟は八百グラムしかなかった。

生まれて間もなく、弟は脳みその中に出血した。肺も未熟だったから、死ぬまでずっと、呼吸器につながれていた。

手も足も動かすことができず……、ずっと呼吸器につながれたままだった。

ママやパパは私を責めはしなかった。でも、四歳の私をほったらかしにしておいて、毎日、弟のいる病院へ行っていた。一年くらいそんな毎日が続いて、弟が、自分では呼吸できないのがはっきりしてきた。

それでも、ママやパパは、弟を家で育てたいと思っていた。

弟はのどに穴を開けられて、呼吸するために、そこに管を入れられることになった。そして、鼻からチューブを、胃まで通された。液体の栄養剤を投与するためらしい。

弟を生かす方法を習いに、ママとパパは、毎日病院に通い続けることになった。

弟が生まれて、一年と六ヶ月がたった。

ママとパパは多額のお金を使って、家に呼吸器を置き、栄養チューブセットやモニターを買い込んだ。

また、もしものために、すぐ病院へ弟を搬送できるよう、大きなバンまで購入した。そして弟を家に連れて帰って育てることに成功した。

ママは天使を信じていた。ママとパパは、ロスで出会って結婚して、そして私が生まれた。だから、弟の呼吸器の上には、グランドキャニオンにある、ブライト・エンジェル・トレイルの絵ハガキが置いてあった。

いつか弟の上にも、天使が舞い降りて来ることを信じて。

けれど、弟は目をむいたまま、動くことはほとんどできなかった。

日々、手足は固くなり、変に湾曲していった。

それでもママは、毎日マッサージをしたり、パパと一緒になってお風呂に入れて、弟を綺麗にしてあげていた。

皮膚はいつもツルツルしていて、おむつかぶれなんて、できたことはなかった。

でも、私はずっと一人だった。

それなりに可愛がられていたとは思う。

だけど、テストで百点をとっても、マラソンで一着になっても、弟がゼーゼー言い出せば、ママやパパは大騒ぎで、私をほったらかしにしたまま、弟を車で病院に連れて行った。

パパとママが弟を連れて行くたびに、病院の先生は、長期に呼吸器を使用していると、肺や脳が駄目になって、大人になる随分前に、この子は死んでしまうって、パパとママに言っていたみたいだ。

何で生きてるんだろう。この弟は。そのうち死ぬのがわかっているのに。

別に、特別憎んでいるわけではなかったけれど、全く動けない弟の命を、生活を全て犠牲にしてまで守ろうとする両親の気持ちが、私にはわからなかった。

弟が生まれてから四年たった。

もう、いいはずだよね、と思った、私達を解放してくれてもって。

ある夜、ママとパパが疲れて寝入った頃を見はからって、私は弟の頚に開いている穴から、呼吸器につながっているカニューレを取り除いた。

弟は自力では呼吸できないはずなのに、一回、フゴーと、自分で息をした。そして、今まで閉じたことのなかった目を閉じて、逝ってしまった。

それは、生まれてはじめて、弟が動いたのを見た瞬間だった。


こういうことは、在宅酸素療法をしている家ではよくある事故として処理された。

ママもパパも、何で途中で気づかず、一度も起きて確かめることなく寝入ってしまったのだろう、と自分達を責めていた。もし、起きて気づいていれば、なんて言いながら。

私がやったなんて、心にも思っていなかったらしい。自然にカニューレがはずれちゃったと思っていた。

でも、これは事故ではなかった。これは、私の犯した殺人だった。

この世に天使なんていないことは、もうすでに四つの頃からわかっていた。あんな弟が生まれて、それでもって一家中ふりまわされて、そして私は八歳で弟を殺してしまった。

本当に天使がいるのだったら、弟をあんなふうにしなかっただろうし、私にもあんなことをさせなかったに違いない。

どうせ天使なんて、人間が作り出した幻影に過ぎないのだ。

だけど、何でだろう。ブライト・エンジェル・トレイルのフォトを、私は捨てることはできなかった。

弟を殺した証拠として、私が一生背負うべき、罪の証だったからかも知れない。

八歳の時あんなことをしたのに、それからの私の人生は、わりと順調だった。

天罰なんて下らなかった。私はイイコで育った。

十八の時、栄養士の学校に行き、二十二歳で結婚した。全てが順調で、あのことすら忘れていることも多かった。

結婚して、一年後に妊娠した。全てがうまくいっていた。妊婦検診も欠かさず行ったし、たいしたこともなく、中毒症の合併もなかった。

でも……、天使は忘れていなかった。最後の最後に、私に天罰を下したのだった。

生まれて来た子は、異常に頭が小さかった。

妊娠中、私はCMV（サイトメガロウイルス）による感染を受けたらしい。どこで、どうやって感染したのかは全くわからなかったし、妊娠中、私は全く症状を呈さなかったため、余計にショックは大きかった。

夫は、私を支えようと励ましてくれた。

しかし、産科医から、性交渉からの感染による可能性も少なからずあると聞き、私は夫の励ましを心から受け入れることができなかった。


生まれて来た子の脳は、異常に小さく、異常な石灰化を呈し、しわが全くなかった。

難聴、肝障害、網膜症といった、他の臓器の合併症にもこれから注意しないといけないと言われた。

産院を退院後、私はこの子を抱えて、腕のいい医者がいるという小児科の病院を訪ねた。

夫は仕事で付き添って来ることができなかった。それでも、別に平気だった。だって、これはあの時の天罰なのだもの。一人で背負うべきものなんだから。

何回も、何回も、この子と私は採血をされて、ＣＭＶの抗体価とやらを検査された。いくら検査されても、それがどういう価を示しても、結局のところ、この子がまともになるという保証は、全く得られなかった。

産科医から紹介された腕のいい小児科医は、太った、妙な声を出す女医だった。とても機敏そうには見えない。愛想のいいだけのような女に見えた。患者も看護婦も、この女のことを「先生」とは呼ばず、「まるちゃん」と呼んでいた。とても有能そうには見えなかった。

ただ、この女の診察を待っている子供達は、ひどい奇形のある子や、障害のある子が多く、正常な子供はほとんどいなかった。

〈それ専門ってわけね〉と、私は冷たくこの女のことを思い、この女が私に何を言っても、私はこの女の話す内容を聞き流していることがほとんどだった。

夫は、いろんな医学書を取り寄せて来て、読むようになった。妊娠早期にエコーで胎児の小頭症がわかっていれば、ＣＭＶを殺せる抗体を母体に投与でき、脳発育の方も、何とか最小限の奇形として止められたのかも知れない、と言い出した。更に、早期にわかって説明を受けていれば、中絶もできたのにとも言っていた。そして、弁護士を用意した。

産科医を訴える準備をはじめたと言った。

私はそのやり方には賛成できなかった。何故ならこれは、私が八つの時に犯した罪への天罰なのだから。

あの頃のことが、毎日、頭から離れなくなっていた。

あの頃は、過酷すぎる現実が、毎日、私達家族を圧迫していた。弟が一人いるというだけで。

私達家族をとり囲む現実は、常に私達に負担を強要して来た。

呼吸をさせるのも一苦労。

食事をさせるのも一苦労。

排泄させるのも一苦労。

入浴させるのも一苦労。

いつ死ぬか、いつ死ぬか、いつ死ぬか、いつ死ぬかと、両親は毎日、おびえきっていた。

そして、絶えず注意を弟に向けていた。

生まれて来た弟は、私達家族に過酷な労働を与え、姉である私に、ひどく惨めな疎外感と、孤独感を植えつけた。

その上、更に、殺された後でも、この異形の子供を私に与え、私を苦しめ続けているのだ。

私はこの奇形のある我が子を、両親のように愛せるのだろうか。

両親のように、全てを捨てても、この子を育てていけるのだろうか。

正常な子よりも、愛せるのだろうか。

私の両親は、私より弟を愛していた。私はひどく切なくなった。

二週間に一度、私は子供を連れて、紹介された小児科へ行くことになった。子供が変な眼つきをしだしたので、調べてみると、けいれんを起こしていることがわかったのだ。

それで薬をもらい、何とか大きなことにはならず、二週間に一度診察を受け、薬をもらいに通院することになったのだった。

主治医の、まるちゃんと言われる女は、いつもニコニコ笑っていた。私はこの女の幸せそうな顔を見るたび、ヘドが出そうになった。私に天罰を与えている天使のように見えたからだった。

この女は、きっと恵まれた環境で、苦労ひとつせず育って、医者になり、ほとんど自己満足のためだけの、可哀相にとかいう施しを、私らのような、障害児を背負った家族にしているんだと思った。そう、施しをしている気分なんだろうなと思っていた。

ある日、私はこの女の診察を終え、薬をもらいに薬局へ行った。いつもなら、この子を抱えて薬をもらいに行くのだが、その日に限って荷物が多く、この子を待合室のベビーベッドに置いたまま、薬を取りに行ったのだった。

薬をもらって帰って来ると、ベビーベッドのそばに、まるちゃんと言われている例の主治医が、私の子供を抱っこしているのが見えた。

「かわいいねえ、あんた。あんた、かわいいねえ」

まるちゃんとか言われている、この女医の、この子をあやす態度に、私は不快な気持ちを露骨に現してしまった。

そして、皮肉を込めて、こう言った。

「本当にそう思います。この子まともじゃないのに」

まるちゃんという女は、びっくりしたように私を見て言った。

「まともって何？　どういうこと？」

私は言葉につまってしまった。

まるちゃんは、続けてこう言った。

「いいじゃない、歩けなくたって。いいじゃない、しゃべれなくたって。ミルクだって、鼻のチューブから入れて飲んでたって、いいじゃない。けいれん起こしたって、いいじゃない。だって、あなたから生まれたのよ。生まれることができたのよ。だから、この子はきっと、まともだわ」

私は、茫然とこの女の言うことを聞いていた。今まで、半信半疑で聞き流していたこの女の言うことを、はじめて真剣に聞き入れているのに気づいた。

「だって、そうじゃない。この子がいてくれたから、あなたはお母さんになれたのよ。この子が生まれてくれたから、あなたが、必要とされる存在になれたのよ。こんなに幸せなことはないのじゃないの？　この子は、あなたを幸せにしてくれる。だから、どんな奇形があっても、この子はまともだわ。だって、人を幸せにする能力があるのだもの。手がかかるからまともじゃないなんて、言わせないんだから!!」

何で、この妙な声を出す女が、腕がいいと言われるのか、やっとわかった気がした。

多分、世の中には、この女以上に注射のうまい医者はごまんといるだろうし、手術がうまい医者もごまんといるだろう。知識の深い医者だって、たくさんいるに違いない。

でも、この女が優れている点は、どんな子でも人間だということを知っていることだった。

その夜、私は夫に裁判を起こすことをやめるように言った。そんなことをしたら、多分、この子を異常な子として、世間に認めさせてしまうからだ。それだけは避けたかった。

だって、この子はまともなんだから。

弟も手のかかる子だった。自分で息をせず、頸に穴が開いていたので、消毒には特に気を遣い、肺炎を起こさないよう注意し尽くした。

入浴だって、頸の穴に水が入らぬよう、両親はすごく気を遣っていた。肺炎はこの子の命取りだからな、とよく言っていた。

でも私は、弟を人間として見ていなかった。物として見ていたに過ぎない。手のかかる物、両親をとりあげる物、必要のない物、気持ち悪い物とさえ思っていたのだから。

そして、殺してしまった。そして私は、自分の子ですら、物だと思っていた。私は今まで、人と物との区別を、動くか動かないか、奇形があるか奇形がないかだけで判断していた。動かない、奇形のある子は、たとえ我が子でも物としか思っていなかったのだ。そして物と判断したとたん、まともじゃない子と表現していたのだ。

そして、まともではない子を生んだ自分にも、まともでない女のレッテルを貼っていた。

八歳の時の事件もそうだ。まともでない弟を持った姉としての自分を恥じていたのだ。

だからあんな罪を犯し、現在の自分を恥ずかしい女と思っていた。でも、違う！

死んだ弟も、この子も人間で、ちゃんとまともだ。

まともでないのは、そういった屈折した心を持った、肉体だけ正常な、私のような人間を言うのだ。

私は、我が子をまともだと言ってくれた、まるちゃんという女医に救われた。

また殺していたかも知れない。弟のように、我が子を。あの人に出会わなければ、また同じ罪を犯していたかも知れないとさえ思った。

ある日、私は、まるちゃんという女医に電話をして、個別に会いたい旨を伝えた。彼女は快く承知してくれて、私のために時間を作ってくれた。仕事の終わる午後八時頃ならということで会いに行った。

いつもなら、障害児や看護婦で溢れている外来に、まるちゃんは一人で待っていてくれた。いつもにぎやかな外来は、奇妙なくらい静かだった。

そして私は、八歳の時犯した、自分の罪について、彼女に告白したのだった。

まるちゃんは黙って聞いてくれた。そして、こう言った。

「私には子供がいないし、子宮筋腫で子宮もとったから、これからも生むことはできない。だから、その大変さについて何か意見を言うこともできない。でも、あなたがしたことは、立派な殺人よ。犯罪だわ」

妙なことに、私は心が落ち着いていくのを感じた。

まるちゃんは続けて言った。

「でも弟さんは、きっとあなたのことを許してると思うのよ。寝たきりでも、動けなくても、感情ってものはあるの。絶対。それにね、私の経験から言わせてもらえば、死を待っているだけの子供は、自分の運命を恨んで泣くことは少ないのよ。むしろ、残された肉親達のことを思って、泣いていることが多いの。寝たきりの、あなたの弟さんも、そう。脳性麻痺で死を待っていたのだから。きっとあなたを許してくれてると思うし、泣く力があれば、あなたを案じて泣いていたでしょう。そして、とても心配していたはずよ。これからのあなたのことを心配して。

それに、ハンディを負っているからっていって、手がかかる子だからといって、あなたのお子さんが、他の子に比べて劣っているなんてことは、絶対にないの。何故なら、何度も言うように、正常に生まれた子より、ずっと彼はあなたを必要としているのだから。

必要とされるということは、彼は、あなたを幸せにできる、とても素敵な子供ということよ」

まるちゃんは、にっこりと笑った。

私は自分の心の中に、光が射すのを感じた。

まるちゃんは、急に私の前に立ち上がり、直礼して、こう言った。

「この子は重い障害を背負っています。とても、とても、手がかかると思います。それでもお願いします。この子を育てて下さい。お願いします」

そして、にっこりと、また私に向かって笑ってくれた。

光は、確実に私の心の中に入って来てくれた。

多分、八つの時の私の罪は、許されることは永遠にないだろう。けれども、輝く天使の道は、グランドキャニオンだけにあるのではなくて、私達の心の、深い深い傷の中にも存在しているのだ。

その天使は、心の深い傷の上から、明るい光を浴びせて、私達の罪を許し、そして、もう一度はばたかせる力を与えてくれているのだ。

だから、だからこそ、これから私に何ができるのか、考えよう。

これから私にできる何かを、実行しなければ……。

サンきゅ

味方って、結構いるもんだよ
探し方が悪いんだよ
死ぬことないよ
何とかなるよ

あたしの人生は、最初から最悪だった。多分、生まれてから、ずっと最悪だった気がする。

自殺願望の強いあたしは、よく自殺未遂を起こして周囲をあわてさせた。月に一・二回のペースで救急車に運ばれたこともある。

本当にウツがひどい時は、かえってそういった騒ぎは起こさないのだけれど、少しウツが良くなってくると、必ず手首を切った。

だけど、いつも死ねなかった。ただ、救急車に乗るだけ。

最初の頃は、入院して、カウンセラーとかがついて、根掘り葉掘り聞かれて、同情されまくっていたんだけれど、最近は度重なる狂言自殺者ってことで、一泊入院くらいで帰されることが多かった。

あんなにあわててたママも、もうあたしに付き添って入院することもなくなった。

だけど、あたしは、ここで言い訳しておくけど、可哀相に思われたくて、手首切ったりしてるんじゃないんだからね。

だけど、実際、あたしの手首は、ひどいさまで傷だらけだった。全部自分でつけたんだけど。根性入れるためにね。タバコの火とかも腕に何度も押しつけたりした。そうしないと、何か生きてく根性がなかなか入らないから。

その日もあたしは手首を切った。

ママは一応、いつものように救急車を呼んでくれた。そして、

「何が不満なのよ」

と冷たく言った。

うすれ行く意識の中で、あたしは、

「全部だよ」

と答えた。

あたしの髪は金パツで、下着はいつも黒だった。厚底ブーツにジャラジャラのアクセサリー。あたしは、救命士の間では、狂言自殺のコギャルで有名だった。

救急車の中で、少し気分が戻って、いつもの市立病院の救急センターへ搬入された。

「いつもの、コギャル……」

救命士は、ドクターにそう告げた。救命士は何か紙を持っていて、ドクターはそれにサインしていた。

その、ドクターとの出会いが、あたしのこれからを変えることになるんだけれど、その時は、妙にデブった、変な声を出す女にしか見えなかった。

このドクターは、看護婦達や他の患者から、まるちゃんと呼ばれていた。何とか先生とは呼ばれていなかった。

「まるちゃん、タバコ誤飲の子が待っとるけん、その子、後にして、こっちの胃洗浄、先にしてよ」

奥から、やり手ババアの婦長の声がした。

まるちゃんは、はじめて会うドクターだった。彼女は、あたしの自殺未遂がめずらしかったのかも知れない。タバコの幼児の方は他のドクターにまかせると、あたしの寝ているストレッチャーを指さして、

「ダメ！　こっちの方が先」

って言った。

最初に、まるちゃんは、あたしの腕を診た。何回も何回も傷つけた、キズ。でも、浅くしかつけられないもんだから、血はすでに乾いていた。

そして、自分で何度もつけた根性ヤキの跡。

それを見て、まるちゃんは溜め息をついた。

「可哀相に……」

まるちゃんは、あたしを見て、あたしの最も聞きたくない言葉を発したのだ。

「この子、本当に可哀相に……」

それからまるちゃんは、あたしの胸をはだけて、聴診器を当てた。そして次に、あたしのお腹にも聴診器を当てた。

すると、まるちゃんの表情が急にけわしくなった。

「あれ……？」

まるちゃんは、妙な声で叫んだ。そして、あたしの顔をじっと見つめた。それから、もう一度あたしの下腹部に聴診器を当てた。

何度も何度も、あたしのポッチャリしたお腹の音を聴いた。

「あなた。……まさか」

まるちゃんはそう言うと、小声で(だけど、しっかり聞こえたけれどね)、そばにいた看護婦に告げた。

「心音が聴こえるわ、この子のお腹……。この子の尿を取って、妊娠反応だして……、んでもって、産科の当直の先生を、大至急、呼んで」

あたしは十二歳。妊娠すでに二十一週。あともう少しで、中絶できない週数になっちゃう所だったそうだけど、ママの電話での同意で、大ラッキーでその日のうちに中絶できた。

夜、呼ばれた産科医は、あたしの子宮の中で、かなり子供は育っているからって言って、腟から直接胎盤ごと剝離して、その子を出した。男の子だった。

あたしは個室に入れられ、まるちゃんが担当医になった。

入院して個室に入れられた日から、あたしが前に自殺未遂で何度も入院した時には、全く興味を見せなかった看護婦が、入れ替わり立ち替わりやって来るようになった。

たぶん、相手が誰か知りたいんだろう。何でこういうことになったのかとか、どうだったのかと。下世話なネタに飢えている奴らは、あたしに、ニセの同情心をむき出しにしてせまってきた。

「何とか自身」とか「何とかセブン」に載っているような記事をまのあたりにしたようで、何かとてもうれしそうだった。でも、何も言ってやらなかったし、何も教えてやらなかった。

不思議なことだったけれど、まるちゃんは、あたしにはそういうことは全く聞かなかった。

ただ、毎日、忙しいのに何回も病室に来てくれて、あたしを診察した後、あたしが自ら傷つけた手首の傷や、腕にある根性ヤキの跡をさすってくれた。何度も何度もさすってくれた。

そりゃ、「きつくない？」とか「もっと食べなよ」とかは言ってたけど。

まるちゃんは、何回か産科医を連れて来て、あたしを診察させて、中絶の後もあたしの子宮は大丈夫と聞いて、ほっとした様子だった。

何でまるちゃんが中絶後のあたしの体を心配するのか、後で知ったことだけれど、まるちゃんは、若いのに子宮筋腫をわずらって、子宮を全摘していたから、子供は生めない体だったらしい。太って、全くなりふりかまわない人だけれど、お嬢さんぽいところもあるから、男も知らずに子供の生めない体になったんだろうな、と思った。

若くして中絶したら、子供の生めない体になるかも知れないから、それでまるちゃんはあたしが中絶した後でも、子供が生める体かと、とても心配していた。あたしが何も言わないし、あたしのナリが、いわゆるコギャル風でもあったので、看護婦の間では、あたしが十二歳のくせに、男とやりまくって妊娠したってことになってるようだった。別に気にはしてなかったけどね。

中絶も、相手不明っていうことでできたみたいだったし。

あたしの入院はしばらく続いた。だけど、やっぱりママは来なかった。

あたしは、ここでも一人だった。後で聞いたことだけど、まるちゃんは、何度もママに電話したらしい。でも病院には来ないので、何度か家まで会いに行ったらしい。

入院がしばらく続いた頃、小児科病棟を騒がす事件が起きた。

幼児虐待とやらを受けた男の子が、入院中の他の子を殴るという事件だった。その、幼児虐待とやらを受けた子は、離婚した母親の内縁の夫から顔を殴られ、骨折していたので、児童相談所の人が来て、傷が治るまで入院という措置をとって、この病院に入院していたらしい。

虐待を受けた子は、そのうち虐待をする親になることが多いって聞いたことがある。

でもその子は、親になる前に、自分より小さい子を虐待するようになっていた。

その子の名前はツヨシといった。

ツヨシはいつも、奇形を持った子や障害児を、けったり殴ったりして、陰険な笑いを浮かべていた。

「子供ってさあ、叩きたくもなる時あるじゃん。言う事聞かんけん。特にアノコ、虐待されて当然！　っていうくらい悪いとばい。根性くさっとるもん」

いつも、表面上は優しくとりつくろっている看護婦達も、露骨にそういう会話をするようになった。確かにツヨシは、七歳のくせに可愛くないことしかしない奴だった。誰にとっても、ツヨシは手に負えないくらい悪かった。

ある日、ツヨシの担当医が、若い男の医者からまるちゃんへと替えられた。

まるちゃんが一番先にツヨシにしたことは、ツヨシをあたしの個室に移動させたことだった。あたしはひどく憤慨して、まるちゃんにくってかかった。

あたしは一人部屋の方が良かったし、それに年下とはいえ、男の子と同室だなんて。

あたしの怒声も何とやら、看護婦達のクレームも何とやら、まるちゃんは笑って言った。

「まあ、いいやないね。そげん、毛嫌いしなさんな。男だけが女の人生じゃなか。でも、かと言って、男のおらん人生も、まるちゃん先生のように、実に淋しかったりするけんね」

あたしの横で、ツヨシは妙によそよそしかった。ツヨシのベッドのまわりは、ツヨシを殴った男が持って来た高価なおもちゃで溢れていた。

でも、あたしのベッドのまわりには、花ひとつなかった。

それでも、あたしとツヨシが一緒の部屋になってから、ツヨシは他の子を殴らなくなった。何でそんな風になったのか、あたしには全然わからなかったけれど。

何故かツヨシは、まるちゃんといると、よく笑うようになった。そして、彼の中から、陰険さも出て行ったみたいだった。

それからツヨシは、まるちゃんからもらった、ポケモンの絵のついたノートに、ツヨシ・カルテと称したものを書くようになった。

〇月〇日
ツヨシくんをなおすために、にゅういん。

〇月〇日
ツヨシくん、あっか。じへいしょーのけんくんをつきたおす。

〇月×日
ツヨシくん、かいぜん。
ころんだまつもとくんを、おこしてあげる。

何か、そういうのを書いているようだった。

ツヨシとは、あまり話をしなかったが、結構インパクトのある話をしたことは覚えている。

ツヨシを殴った今の父親が、よくツヨシの所へ面会に来て、ツヨシに良くしてやっているのを見かけたから、あたしは、

「いいねえ、あんたは」

と言った。あたしの所には、ママは来てくれなかったから。

だけど、ツヨシは一言こう言った。

「あれは、他の大人への言い訳やろ」

それ以上、ツヨシとは、これに関する会話は成立しなかった。

ツヨシの顔の傷は良くなり、ツヨシ・カルテにも書かれてある通り、ツヨシの問題行動はほとんどなくなっていた。

そして、小児科の部長と児童相談所の所長のＯＫサインが出て、ツヨシは施設

ではなく家に帰されることになった。

でも、ただ一人、まるちゃんは反対した。

まるちゃんは、ツヨシが家に帰るより、施設に行った方が絶対いいと言ったのだ。

意外だった。

だって、ツヨシの父親は、もう二度とツヨシに暴力をふるわないと言い切ったし、ツヨシもいい子になっていたし、何の問題もないように見えたからだ。

それに、施設なんかより家の方がいいに決まってるって、ツヨシも言っていた。

当然、まるちゃんの意見は却下された。

そして、ツヨシは父親と母親に連れられて、仲良く手をつないで退院していった。ただツヨシは、退院する時に何度も振り返ってまるちゃんを見ていた。

あたしは、子供をつくった相手を白状しなかったので、退院することは許されない日が続いた。

ある日、その日もまるちゃんはあたしの所へ来て、あたしの傷ついた手をなでてくれた。

あたしは思いきって聞いてみることにした。

「ねえ、何でツヨシが家へ帰ることに反対したん？」

まるちゃんは、

「ん――」

とためらったが、笑って言った。

「もちろん、ツヨシ君は大丈夫なんやろうけど、一瞬ね、ヤなこと思い出したんよ」

「ヤなことって？」

まるちゃんは、ためらいながらも話し出した。

「あんまし患者さんにさあ、言っちゃいかんのやろけど、まあ、いいか。前にね、あたしが勤めていた病院でさ、そこは新生児、つまり生まれたばかりの子供を扱う病院でさ、あたしは外来で、退院した子のフォローをしていたんよね。八百グラムか九百グラムか、そのくらいで生まれた子がおってね、隣に座ってるベテラン女医が、その子の退院後のケアーをしとったと。体重が増えているとか、発達は大丈夫とかね。それでさあ、そういう子って、障害を持つことが多くてね。目はほとんど失明状態に近いし、脳みそは、生まれてすぐ大出血しとるけん、寝たきりになることが、もうわかりきっている子だったの。でもね、その子のお母さんは、その子を綺麗にしていてね、とっても熱心で、毎回休まず外来に来ていたよ。看護婦さんも、担当のベテラン女医も、もう母親の鑑《かがみ》だってその人をほめていた」

そこでまるちゃんは、さすっていた、あたしの手を、ぐっと握った。

「でもね、私はその人、何か好きになれなかった。一瞬なんだけれど、その人に対して、何て言うのかな、嫌悪感みたいなのを感じたんよね。別にその人が、あたしに何をしたっていうわけじゃないのよ。いつも立派で、医者の言うことをメモにとっているくらいまじめでねえ。でもね、変だって思ったんよ。

最初はただの嫌悪感で済んだんだけれど、そのうちに、やはり、この人ヘンだって確信するようになったのよ。何でだと思う?」

「何でって言っても、わからんよ、そんなん。そこに、あたしいたのじゃないから」

「その人ね、その赤ちゃんの上に四つのお姉ちゃんがいたのだけれど、いつも赤ちゃんの検診に連れて来るのね。それで、その赤ちゃんの方は、ベビーディオールとか、超高級な服を着せているのに、お姉ちゃんの方は、妙にやせて、いつも同じ赤いコールテンのズボンをはいてるのよね。そのお母さんは、赤ちゃんが透明な鼻汁を出しただけで、飛んで来るくせに、四つのお姉ちゃんは、両鼻、青鼻汁よ。それにね、四つの女の子が、自分の妹を遠くから見ているのよ。本当に変だと思ったの。

で、どうしても納得がいかなかったので、ベテランの女医さんの手前、こういうことしちゃ本当はまずいんだけど、私、出しゃばって、その四つの女の子の赤いコールテンのズボンをめくったの。そして、両足を見たのよ。そしたら、つねったり、火傷をつけられたような穴がギッチリあって、まるで、そう、あんたの、この可哀相な手みたいやった」

まるちゃんは、続けて言った。

「ふつうさ、四つの女の子がいる家に、いくら障害があるとはいえ、赤ちゃんがいるといったら、その子はとても嬉しくて、世話やいたり、さわったりしたがるものと思うのよね。

でもね、その女の子、離れて見てるのよ。変だと確信したのは、それがメインリーズン。虐待していたのは、死ぬ程赤ちゃんの方を可愛がっていた、同じ母親やった」

あたしは、まるちゃんの手を、逆に握りしめて聞いた。

「何で、姉ちゃんの方、虐待したんやろ。赤ちゃんの方は可愛がっとったんやろ」

「さあ……」

まるちゃんは、首を振りながら溜め息をついた。

「謎やね、永遠の。看護婦さん達は言ってたよ。子供のいない私にはわからないだろうけれど、子供を育てるのは大変なんだよって。ストレス溜まるし、ましてや相手は障害児でしょう。お姉ちゃんのちょっとしたことにでも、頭にきたんだろうって。でもね、私は許すつもりないよ。だからといって、四つの子を、つねったり、やけど負わせたりしていいわけないよ。どんなことがあっても、どんな言い訳があったって、あの母親のしたことは、絶対、許すつもりはない。自分の思い通りにならんからといって、自分より弱い子を傷つけていいなんて、絶対にないんよ。

メチャクチャ頭にくるけどさー、男の医者どもが書いているんよ。子供を虐待した人も被害者なんだとか何とか。バカ言うなって。この世の中、そんな甘えたこと抜かすなって、そう言ってやりたいよ。一番、最低のことじゃないの。自分より弱いもの、何の抵抗もできないものを虐待するってことは。殺人とかよりも、罪は重いと思うよ。たとえ、命をうばう程の虐待じゃなくてもね。

あるコメディアンと映画監督が、何か子供の殺し合いを描いた映画作ってから、偉そうに、『あえて命の尊さを逆に説きたかった』とか言っていたことがあったけれど、私、あんなこと言う男どもに言ってやりたいね。

あんた達、殺された子供の死体を見たことがあるのかね、と。そして、殺された子供の死体を生かそうと、死に物狂いで努力したことあるのかねと。そんなことなんかしたこともない人間が、人殺し見せて、命の尊さを示すとか言ってくれるなよ。本当に、よく言うと思うよ。私、昔、暴走族とチーマーとの抗争で、メチャメチャに刺されまくった死体を蘇生しようとしたこと、何回かあるんよ。だけどそこには、命の尊さなんて全くなかった。殺し合いの果ての狂気だけ。いくら刺してもいいんだという、狂気の跡だけだった。そこに残っていたものは、ただのみにくい死体だけ」

「で、まるちゃんは、何でツヨシが家に帰らない方がいいって思ったの？　今までの話は、それなりに納得もんだけど。答えになっとらんよ」

あたしは、冷静に聞いてみた。まるちゃんは、白衣のポケットに両手を突っ込んで立っていた。

だけど……、あたしの問いに、雄弁だったまるちゃんの舌は、急に動きが鈍くなっていった。

「あの時感じた、あのお母さんへの妙な嫌悪感が、ツヨシの新しい父親にも感じられたのよね。だってあいつ変だよ。プレステとか、ポケモンとか、高い物いっぱい買って来て、ツヨシに与えるくせに、一回も、一回もよ、ツヨシの顔をなでて、『ごめんね』って言わなかったじゃない。私は、部長と児童相談所の所長に、メチャ反対したんだけど、このくらいのことじゃ説得できなかった。それに、何よりツヨシが家に帰りたがっとったもんね。何も起きないと、本当にいいけど」

まるちゃんは心配そうに言った。

だけど、まるちゃんの妙な嫌悪感は当たった。

ツヨシが退院して三週間くらいたった時、ツヨシが二回目にこの病院に来た時には、彼は、すでに殴り殺されて死体になっていた。

ツヨシが死んだことは、まるちゃんだけでなく、多くの医療スタッフを混乱させ、落胆させた。

まるちゃんは、オイオイ泣きながら、それでもその涙を拭いて、また次、また次と運ばれて来る患者に対応しなければならなかった。

まるちゃんが自分を責めているのは、はたから見ても十分わかった。

でも、一体どういう事情があったのだろう。ツヨシが、再び殺される程の虐待を受けねばならなかったことには。

あたしはふと思った。ツヨシは、今度家に帰ったら、自分が殺されるの、わかってたんじゃないだろうか。それでも、それでも、あいつは家に帰りたかったのかも知れない、と。何度も振り返りながら退院して行ったツヨシの姿が思い出された。

あたしは、もう死ぬようなことするの、よそうと思った。自分を痛めつけるのもよそうと思った。

ツヨシが、あたしと同室になって、おとなしくなったのも、同じような痛みが、あたしとあいつの間にあることを、あいつは感じていたかも知れない。あいつとあたしは仲間だった。

あたしが入院して、半年くらいたった。

「あたし、施設に行きたい」

ツヨシが死んでしばらくして、やっと心の落ち着きを取り戻して、あたしはまるちゃんにそう言った。

「そうしなさい。それが何よりいい」

まるちゃんは、そう言った。

「あたしの相手、誰か聞かんと？　子供つくった相手。十二歳のあたしを妊娠させた相手」

あたしは、挑戦的にまるちゃんに聞いた。

まるちゃんは、ふてくされたように言った。

「大体、想像はついとるよ」

「んじゃ、当ててみてよ。ねえ、言ってみてよ。複数の遊び相手の男って言うんだろ」

あたしは、ちょっとふざけたみたいに言った。

「違う。あんたの……、あーんたの、お母さんの恋人やろ」

まるちゃんは強く言った。

まるちゃんは見抜いていた。ママはあたしに一度も面会に来なかった。それは、ママがあたしより、あの男を選んだことを示していた。多分、ママは知っていたのだ。ママが前のパパと別れて、連れ込んだあの男が、ママが夜働いている間に、あたしに何をしていたかを。それでもママはあの男を選んだのだ。だって……、一度もあたしに面会に来ないのは、そういうことだもの。

あたしは、入院してはじめて、オンオン泣いた。まるちゃんはそんなあたしを抱きしめて、怒ったように、空《くう》をにらみつけていた。

「毎回、毎回、早く終わらんかなって、ずっと天井を見てたんだよう」

あたしは、生まれてはじめて、大声で泣いたような気がする。まるちゃんにしがみついて、オンオン泣いた。

何かあったのかって、病室にナースがあわてて入って来たり、出たりしていた。けど、あたしは全然かまわずオンオン泣いた。

最後は小児科の部長まで来て、「何事かね」と聞いた。だけど、まるちゃんは全てを無視して、ただ黙って、あたしを抱きしめてくれていた。

それから何日かたって、児童相談所の所長さんと、小児科の部長と婦長とあたしとで、これからのあたしについて話し合うことになった。ずっと毎日、まるちゃんはママに電話していたみたいだった。だけど、ママはやっぱり来てくれなかった。

「施設に行くことにします」

あたしは、そうはっきりと言った。小児科部長や婦長も、TVドラマとか映画なら、感動もののせりふを言っていた。でも、そんな「温かい言葉」よりも、あたしが大人になるまで、ずーっとあたしを支えてくれたのは、まるちゃんのこの言葉だった。

「そうたい。施設に行くのが一番いい。ええか。ここがかんじんなんよ。下手なSEXしかしきらんような男にしがみついとるような母親は、あんたの方から捨ててやり！　それに、その男と母親がどうなるかは、あんたの問題じゃないよ。一秒たりとも考えなさんな」

だけどまるちゃんは、この言葉を小児科部長や児童相談所長や婦長の前で言ってしまったがために、小児科部長から、

「何ちゅうことを言うんか！　傷ついた少女に下品なことを言いやがって。このバカが！」

と、どなられていた。

あたしはその様子を見て、大爆笑していた。

でも、この言葉がなかったら、あたしは、また同じことを繰り返していたと思う。

その夜、交通事故で入院していた、脳死状態の子が亡くなった。それを知ったのも、夜半に大声で部長が、まるちゃんに向かって、

「何で、こんな可愛い子が死ぬんか。お前が死ね」

とどなっているのを聞いたからだった。立っていた、まるちゃんの大きな体が、小さくまるまって、

「代われるものなら、代わってやりたいですよ」

と言って、泣いているのが聞こえた。

あたしは、命ってはかないなーと思い、今まで自分で傷つけて来た、自分の腕を見つめた。また涙が出て来た。

ママはたぶん、全部知っていた。全部知っていたんだ。

あたしは施設に行くことに決まった。家に戻るつもりはなかった。ママはまだあの男と一緒に暮らしているようだった。

あたしが施設で暮らすようになって、しばらくして、まるちゃんが別の病院へ移ったらしいことを人づてに聞いた。


人はあの時、あたしが施設に行くことになって、あたしのことを不幸だと言って同情したけれど、あれは、あたしが、ひどい現実から抜け出すための、天から与えられたチャンスだった。

だから、ママがあたしを見捨てたのではなくて、あんな男でも、しがみついていないといけないようなママを、あたしが見捨てたのだ。

だから、あたしは、決して被害者意識を持つ必要はなかった。これは、あたしが幸せになるための選択に成功した証なのだから。

もっと前向きに生きなくてはならないと思った。いつか、看護婦か介護士になりたいと思うようになった。あたしなら、人の痛みもわかるし、きっとそれができるって信じられるようになった。

そして、同じ職場でまるちゃんに会うことができたら、いつか、きっとこう言うんだ。言えなかった言葉。言いたかった言葉。

何にも言わないで、ただ黙って、あたしを抱きしめてくれていたまるちゃんへ。

あの時、絶対に言わなくてはいけなかった言葉を。

追記

偉い人の話だと、家庭内に不幸を持った子供が、大人になって親になると、いろんな問題を起こして、連鎖反応のように不幸な家庭を生み出していくらしいけれど、あたしは、そうならないと思う。こういう人達は、自分が親に捨てられたとか、親にひどい目にあわせられたとか、強い被害者意識を持ってて、自らそういう連鎖反応を呼びよせてるんだ。

そういう人は、ずっとひどい目にあってきた自分が、これから幸せになるわけないって、信じこんでるんだ。きっと。

でも、あたしは違う。あたしはこれから、自分が幸せになるために、あの時、施設に行く選択をして、親をあたしの方から捨てたのだから。

あたしがあたしでいるために。あたしが、これ以上傷つかないために。自分でこの道を選んだのだ。

だから、彼等とは違うのだ。

それに、あたしはとてもかしこいし、前向きだし、ピンチをチャンスに変えうるだけの能力も持っている。そう、特別な女の子なのだから。結婚して母親にもなるんだ。そして、自分の子供をうんと幸せにしてやるんだ。

まるちゃんには、他の医者が持っている、妙に威圧的なプライドなんてなかったけれど、少なくとも他の医者や大人達が知らないことを理解していた。あたし達子供は、すでにイノセント・ワールドにはいないってことを。あたし達子供が、無垢で純で、ＳＥＸや暴力といった類のものとは無縁な存在であると思うのは、大人の妄想に過ぎない。あたし達子供を取り囲む現実は、もっとむごたらしく、いやらしく、いやしく、いつもあたし達子供を追いつめている。そう、いつも現実はあたし達を圧迫している。

でも、大人のために、あたし達子供は、必死で無垢で純な生き物を演じてみせる。そして、失敗する。

大人という生き物は、たぶん、それを知っているくせに、わかっていないふりをしているのだ。ママもそうだった。
ママは、夜働いている間に、あの男があたしに何をしているか知っていた。でもわからないふりをしていた。

ママ！　助けて！　と叫んでも、
そう叫んでも、
ママはいつも、
かんじんな時には来てくれなかった。

著者プロフィール

t-ko（トーコ）

1990年医学部卒、1995年医学博士取得。

小児科認定医、小児神経専門医。大学病院及び大学関連病院の救命センター勤務を経て、現在は基礎研究（Neuroscience）にとりくんでいる。

神様に対抗して子供の難病を〝治る病気〟にするのが夢。

Tears in Heaven（ティアーズ・イン・ヘブン）

2002年5月15日　初版第1刷発行

著　者　t-ko
発行者　瓜谷 綱延
発行所　株式会社文芸社
〒160-0022　東京都新宿区新宿1-10-1
電話　03-5369-3060（編集）
03-5369-2299（販売）
振替　00190-8-728265

印刷所　株式会社平河工業社

ISBN4-8355-3782-3 C0093